رواية

يا لها من تجربة رائعة

د. جُمان الريحاني

إهداء..

لقد جعلت أمواج النساء تقع في غرامك،

ولكن ليس في زمانك،

بل عبر كل الأجيال.

جمان الريحاني

اللحاق بالحلم

لحقت الفتاة بالفنان وقد أغرمت به وقررت ملاحقته

كما لاحقته مل الفتيات قبلها

وهذا ما جعلها تلاحقه ولكن بطريقتها

لقد كانت هي ابنة رئيس دولة عربية ولم يكن الحكم في تلك الدولة حكما ملكيا، لذا فهي ليست

بالأميرة وليست أيضا من الشعب، أو الشعب العادي كما يلقبهم البعض من المشاهير.

لقد كانت تلك الفتاة من أعلى طبقة في تلك الدولة التي لم تكن من الدول الغنية ولا من الدول الفقيرة ولكن يبقى الرئيس هو أعلى الطبقات الاجتماعية وابنته هي أعلى الطبقات أيضا لذا فقد كانت لها امتيازاتها الخاصة وكانت تحظى بالتسهيلات التي لا يحضا بها غيرها.

أما بالنسبة للفنان فقد كان أجنبيا لقد كان من أوروبا وبالضبط من اسبانيا، وهذا ا يجعل القصة والحكاية لها أحداث كثيرة ومغامرات عديدة وأحداثها متتالية وطويلة.

افتعال الصدف

سمعت الفتاة في يوم من الأيام بأن الفنان المطرب الشاب لديه حفل موسيقي كبير في باريس، فأرسلت فريقا استخباريا لكي يأتوها بالأخبار وأدق التفاصيل عن الحفل، وكلما يتعلق به.

لقد كانت تبحث عن التفاصيل التي تخص الفنان وليس فقط عن الحفل بشكل عام.

وبعد أن جاءتها الأخبار عرفت بأن الفنان سوف يقيم في فندق من اكبر وأشهر فنادق باريس والذي نزل فيه الشخصيات المهمة والسياسية.

كما كان من ضمن المعلومات التي وصلتها أن حفلته هي لليلة واحدة وسوف تصل طائرته الساعة السادسة مساء فيغني في الحفل ليلا ثم يسافر على الطائرة في اليوم الموالي الساعة السادسة صباحا

أي أنه سوف يقضي ليلة واحدة في باريس وليس لديه وقت كثير وهذا كان بطلب من الفنان الذي كانت لديه مواعيد أخرى، ولم يكن لديه وقت لكي يقضيه في باريس.

كان الفندق خاص بالشخصيات السياسية الفنية والشخصيات العالمية والمهمة، فهو لم يكن فندقا عاديا بل كان فندقا فاخرا ولا يمكن لأي كان أي شخص عادي أن يتمكن من حجز غرفة أو جناح فيه، وهذه كانت سياسة الفندق.

حجزت الفتاة في الفندق وهذه لم تكن مهمة صعبة عن موظفيها فقد كانت هي أيضا من الشخصيات البارزة والتي تتمكن من الحجز في ذلك الفندق بسهولة.

وسافرت تلك الفتاة وأتت إلى باريس في نفس التوقيت الذي سوف يتماشى مع رحلة الفنان الشاب

لقد وصلت الفتاة إلى باريس قبل وصول الفنان ببعض ساعات وهذه كانت فكرة مقصودة.

كان معها ستة مرافقين رجال، فهي لم تكن تحب المرافقات من الجنس الناعم بل كانت تحب أن يخدمها الرجال أو يحيطوا بها.

حجزت جناحا ليس ببعيد عن جناح الفنان، وأمرت أحد حراسها بأن يحضر لها الأخبار أولا بأول عن الشخص المقصود.

وخاصة عندما يخرج من غرفته وإلى أين توجه بالضبط، لأنها كانت حريصة على معرفة كل المعلومات التي تخصه.

وبعد فترة ليست بالطويلة جاءتها الأخبار بأن الفتاة قد سجل دخوله وهو متواجد حاليا في الفندق وبالضبط في جناحه.

لقد كانوا يراقبونه بدقة، وكل تحركاته تصلها أولا بأول.

كانت الفتاة شجن تعتقد بأن الفنان سوف يتناول طعامه أو شراب ما في الفندق، فكانت توجه كل تركيزها إلى مطعم الفندق والمقهى والبار

ولكن للأسف ذلك لم يحدث على الإطلاق، لأن الفنان بالفعل شعر ببعض الجوع ولكنه طلب الطعام إلى جناحه فتم إرسال الطعام إليه في جناحه.

لقد اخبرها خادمها بأن الفنان ربما لم تكن لديه شهية لذا فهو لم يتناول الطعام ولكنه أيضا خرج من أجل أن يغير الجور ربما أو لتناول شراب ما أو ربما قهوة فقد كان تجها إلى المقهى ربما أو البار

عندما سمعت شجن بأن الفنان أنجيل قد خرج من جناحه، متجها إلى الطابق الأسفل، كانت على استعداد للخروج فورا.

نزلت شجن إلى المطعم فورا فقد كانت مستعدة متأنقة وترتدي أجمل الثياب وتتحلى بأجمل وأغلى الحلي وقد كان لها مظهر أنيق وكانت هي جميلة بقدر كان جمالها معقول فلم تكن لا فائقة الجمال ولا بشعة.

لقد اختار الفنان أنخيل المطعم لأن الوقت لم يكن وقت تناول الطعام لا هو وقت الغداء ولا وقت العشاء، ولكن كان هناك جناح خاص بالشراب لذا فضل أن يشرب هناك لأنه قد علم بأنه لا أحد في المطعم، وهو يبحث عن بعض الخصوصية لذا رأى بأن هذا أسهل من ذلك.

لفت الانتباه

كان الفنان أنخيل يجلس في المطعم هو ومدير أعماله، وبعض المرافقين فهو لم يكن يذهب إلى أي مكان بمفرده حفاظا لسلامته وأيضا لكي يسهروا على خدمته.

وفجأة فتح عليهم باب صالة المطعم ودخلت شجن ورجالها، الرجال المرافقين لها من أجل خدمتها.

عندما دخلت وهكذا بشكل مفاجئ تفاجأ حراس الفنان أنخيل إليهم لكي يوقفوهم ويمنعوهم من التقدم لأنه لو علم بأن المطعم مفتوح لما ذهب إلى هناك

لقد كان الحراس حراس أنخيل يخافون على سلامته وقد كانوا يحاولن حمايته فقد يتعرض للاغتيال مثلا، فهو فنان ويمكن أن يتعرض لمثل هذه الأمور.

فهو فنان مشهور ومعرض للخطر دائما، كما راودتهم أفكار أخرى، فقد اعتقدوا بأنها ربما تكون إحدى المعجبات.

كانت شجن ترتدي فستانا اسود اللون قصيرا وشعرها مربوط إلى الوراء بني اللون لا هو بالطويل ولا بالقصير، يصل إلي كتفيها، وتضع نظارات فوق رأسها.

بشرتها كانت غامقة اللون، وهي لم تكن بارعة الجمال ولكنها ذات جمال معتدل.

عندما سألهم الحرس عما يفعلونه هناك، اخبرهم كبيرهم بأنها ابنة رجل سياسي ولا يجدر بهم التحدث معها هكذا ولا معاملتها بهذه الطريقة.

كان الأمر المحير كيف تمكنت من دخول المطعم، والجواب هو أنهم قد دفعوا (هي ورجالها) مبلغا ضخما لمن يقف أمام الباب وهو تابع للأمن الداخلي الفندق لكي يفسح لهم المجال للدخول، وتظاهر بأنه غادر مكانه لبرهة في وضع اضطراري لدخول دورة المياه.

الأمر ضايق الحارس الشخصي للفنان أنخيل كثيرا فأرسل في طلب مدير الفندق لكي يعاتبه علة هذه الحادثة.

عندما وصل مدير الفندق أخبرهم بأن شجن هي ابنة سياسي معروف ولا خوف منها كما أن الفندق مؤمن ولا يدخله إلا أشخاص ذوو نفوذ.

فكيف قد يخافون من ابنة رئيس دولة أنها من أكثر الأشخاص ثقة الذين يترددون على الفندق بين الحين والآخر.

كما اخبرهم بأنها في عمل، وليست من ذلك النوع من المعجبين أو المهووسين.

جلست شجن إلى إحدى الطاولات، وبعد مغادرة مدير الفندق نهض الفنان من كرسيه وتوجه إلى حيث تجلس شجن التي كانت تدعي بأن الأمور عادية وليست هناك لمطاره الفنان أنخيل

حتى أنها لم تكن تنظر إليه بلهفة ولا يفصلهما إلا بضع خطوات.

ذهب الفنان إلى شجن واعتذر منها على تصرفاته حراسه وأمنه ومرافقيه، وهو يضم يديه، واخبرها بأنه يعتذر ويكرر اعتذاره.

قبلت شجن اعتذاره وكانت تقدر ما يحصل وتتفهم الأمور، فهي في النهاية ابنة رئيس دولة وتعرف ما يعنيه أن تكون في خطر أو أن يكون لديك الحرس الخاص.

لقد ردت عليه بجملة واحدة وهي:

No problema

نو بروبليما

لا مشكلة

تفاجأ الفنان أنخيل من جوابها فهي تكلمت معه بالاسبانية

فقال له:

أتتحدثين الاسبانية؟

فأجابت:

القليل

وتلكم معها قليلا فأعجب بشخصيتها المرحة ثم طلب منها أن يجلس إلى طاولتها فوافقت وقد أسعدها ذلك طبعا.

جلس معها وتبادلوا أطراف الحديث، فقال لها:

اسمحي لي بأن أعرفك على نفسي

أنا الفنان ...

لم يكلم كلامه حتى قاطعته وقالت له:

الفنان أنخيل

فقال لها:

أتعرفينني؟

الفتاة شجن:

ومن لا يعرفك

فكل نساء العالم يعرفونك

الفنان أنخيل: (وهو يبتسم)

هذه مجاملة منك

شكرا لك

الفتاة شجن:

لا أبدا ليست مجاملة

إنها حقيقة

الفنان أنخيل:

شكرا لك

الفتاة شجن:

عفوا

تكلم معها لبعض الوقت، ثم أخبرها بأن لديه حفلة هذه الليلة، وطلب منها الحضور

فقالت له:

أنا هنا لأجل بعض الأعمال، ولكن ربما اذهب إلى حفلتك، إن وجدت بعض الوقت

فأصر عليها وقال لها:

تعالي يجب أن تأتي للحفلة أنا ادعوك

شجن:

يسعدني ذلك ولكن هل تعلم أمرا؟

الفنان أنخيل:

وما هو ذلك؟

شجن:

أنا لا أفضل التواجد في الأماكن العامة والمكتظة بالناس

الفنان أنخيل:

معك حق، أنا أيضا مثلك ولكن إنها طبيعة عملي

شجن:

أنت توافقني الرأي إذن؟

الفنان أنخيل:

أجل ولكنني مصر على أن تأتي إلى الحفل، سوف اجعلهم يجهزون لك مكانا مناسبا في الصف الأول فلا تقلقي، وسوف اطلب منهم أن يعتنوا بك جيدا.

شجن:

حتى وإن كان الأمر كذلك

اعتذر منك لأنني فعلا لا أحب الأماكن المكتظة وأنا متأكدة بأن الحضور سوف يكون كبير من أجل حفلتك.

الفنان أنخيل:

حسنا حتى وإن كان الأمر كذبك سوف انتظر حضورك ربما تغيريين رأيك، من يعلم؟

ثم اعتذر منها وغادر من فوره لأنه كان وراءه عمل كثير ووقته مضغوط بعض الشيء.

عندما غادر، جهزت نفسها وبعد أن بدا الحفل ذهبت إلى هناك ولكنها سرعان ما غادرت لأنها فعلا لم تكن تحب الأماكن المكتظة بالناس والمزدحمة وحفلة الفنان أنحيل كانت الأكثر ازدحاما على الإطلاق.

لم تكن شجن تطيق رؤية المعجبات وهن يتمايلن حبا في أنخيل وأيضا كف أنهن يهتفن له ويقمن برمي الورد وأشياء خاصة مثل احمر الشفاه وفولار وغيرها.

لقد كان الوضع جنونيا وذلك بسبب شهرة الفنان أنحيل ومعجباته الكثيرات في كل أنحاء العالم.

ولكنها قد أخبرته سابقا بأنه تحب صوته كثيرا ولكنها تفضل سماعه حين تكون لوحدها وفي غرفة نومها، هكذا يمكنها أن تنصت إليه وأن تستمع بصوته الفريد، بدل أن تفسد تلك المتعة وجود الآلاف المعجبات المجنونات بصراخهن.

عادت إلى الفندق وكانت متلهفة جدا لعودته من الحفل، فكانت تنتظر على أحر من الجمر.

حتى اخبرها أحد حراسها بأنه ومن المفروض أن يكون قد وصل، وربما هو في الردهة فخرجت تجري لكي تطل عليه من الشرفة.

وجدت بأنه قد وصل حقا، وقد كان هناك مع الكثير من الصحافة وبعض المعجبات يلبسن القصير،

يتمايلن بنحافتهن وشعر كل منهن الأصفر، وهن في كامل أناقتهن، لقد كن جميلات نحيلات.

لقد كانت في الحقيقة تشعر بالغيرة، فلم تحتمل ما كانت تراه لذا عادت إلى جناحها لكي تختبئ وتختفي عن الأنظار.

بعد أن وصل الفنان إلى جناحه أمهلته شجن عشرون دقيقة حتى نصف ساعة، فهي تعلم بأنه قد عاد متعبا من الحفل الذي يكون قد أجهده.

وسوف يكون في حاجة لحمام ساخت وبعض الوقت من أجل الراحة

وبعد أن ارتاح قليلا الفنان أنخيل سمع طرقا على باب الجناح الخاص، وعندما فتح أحد مرافقيه أخبره بأن أحد حراس الفتاة شجن جاء يحمل باقة من الورود إليه.

لقد كان الحارس يحمل سلة من الأزهار، سلة كبيرة الحجم جدا.

وكان يحمل معه هدية أعطاها للمرافق، واخبره بأنها من سيدته شجن ابنة السياسي.

كانت الهدية عبارة عن سلة فيها زجاجة من الشمبانيا الفاخرة وبعض الأغراض.

أخذهم الفنان ووضعهم أمامه على الطاولة

وقد كان يلبس روب الحمام، وكان متفاجئ كثيرا بهذه اللفتة الرائعة، رغم أن غرفته قد كانت مليئة بالأزهار من المعجبين الآخرين، ولكن ورودها كانت كبيرة جدا.

سلة كبيرة مليئة بالورد الجميل.

جلس الفنان أنخيل وهو يتأمل السلة وورودها ويقول في نفسه:

يا لها من لفتة جميلة، كم هي فتاة حساسة ورائعة.

إنها حقا إنسانة رائعة.

بعد ذلك قرع الباب للمرة الثانية، وعندما فتح مرافقه الباب وجد أحد حراس شجن والذي كان يحمل رسالة منها إلى الفنان.

قال له الحارس:

سيدتي تقول بأن لديها بعض الاسطوانات الخاصة بالفنان، وبأن والدها يحب صوته وتريده أن يوقع لها عليهم لكي تأخذها إلى والدها.

وهي تطلب لقاء الفنان، وتطلب الإذن بالمجيء إلى غرفته لكي يوقع لها على الاسطوانات.

أعجب الفنان بالفكرة، ورحب بها، ولكنه لم يحبذ فكرة أن تأتي إلى جناحه الخاص.

ولم يكن هو ليذهب إلى جناحها أيضا، فطلب من الحارس أن يخبرها بأن توافيه إلى المقهى حيث سوف يسبقها إلى هناك.

ثم قال له:

سوف أغير ثيابي وانزل خلال عشرون دقيقة، ونلتقي هناك ربما إن لم اسبقها.

الكر والفر

ولكن عندما وصل إلى المقهى كانت هي تنتظره هناك، لأنها كانت جاهزة وتنتظر عودته فقط بينما هو كان عليه أن يرتدي ثيابه وينزل.

لقد جاء وكان يحمل معه مجموعة من الاسطوانات، فقد كان يقدم البعض للمعجبات، وقد كانت موقع وهذه بالإضافة إلى اسطواناتها هي التي تنتظره لكي يوقعها من أجلها.

هي كانت تحمل ثلاث اسطوانات بينهما احضر هو مجموعة كاملة، وقد احضر معه شيئا آخر

احضر الفنان أنخيل معه وردة واحدة كبيرة جدا وأعطاها لها وقال:

خذي هذه الزهرة لا تنمو ألا في باريس

وهي تقطع من أشجارها فجرا وقد قطعت قبل قليل

لقد أرسلت شخصا لكي يحضرها من أجلك خصيصا.

أعطاها الوردة ثم جلس، فشكرته واثنت على جمالها وذوقه الرفيع.

جلس معها وراح يتجاذب معها أطراف الحديث، وهو يوقع الاسطوانات من أجل والدها.

فقالت له:

والدي يحب هذه الاسطوانات ويحب أغانيك كثيرا

قال:

وهل والدك يتكلم الاسبانية، أو ربما الفرنسية

ثم قال لها:

ما هي اللغات التي يجيدها والدك

فقالت:

طبعا أبي يتكلم الاسبانية والفرنسية ولكن بالنسبة للانجليزية فوالدتي هي التي تجيدها، لذا فقد كان والدي يهديها أغانيك باللغة الانجليزية، وهي تحبها كثيرا.

ابتسم وشكر لها ذوقها وكلامها الجميل، ثم تجاذبا أطراف الحديث، فسألها عن موعد رحلة عودتها وكم سيستغرق علمها هنا

فقالت:

إن طائرتي بعد ساعة، فهي متوجهة إلى نيويورك من أجل حضور مؤتمر هناك.

لقد أعجب أنخيل بها كثيرا وبكلامها وشخصيتها، وبينما هو يتأملها فاجأته وقالت له:

سوف اتصل بوالدي لكي اطلب منه أن يقيم لك حفلا كبيرا في بلادنا

أخبرها بأنه لا يتكلم في الأعمال بنفسه ولا يتفق عليها، كما انه لا يجيد ذلك، ثم نادي على خوان وهو مساعده الشخصي وأخبره أن يعطيها بطاقته الشخصية التي بها كل أرقامه الخاصة والعامة والأرقام الخاصة بالعمل.

بعد أن أعطاها المساعد البطاقات قال لها الفنان أنخيل:

اسمعي في حالة ما إذا زرت اسبانيا أو فكرت في أن تزوريها ارج وأن تتصلي بخوان.

أرجوا أن نلتقي وسوف أخذك في جولة في اسبانيا.

سرت شجن بذلك كثيرا وأخبرته بأنها سوف تفعل ذلك حتما.

امسك الفنان أنخيل يدها بكلتا يديه وقبلها ثم انصرف.

لقد كان أنيقا ونجما، كان مهندم وبظهر جيد جدا، كان يرتدي قميصا بيج اللون وبنطلون أخضر اللون، ويلبس في رجليه صندلا من الجيد بني اللون.

وقد كانت تلك ثيابه المفضلة وأرادها أن تراه في ذلك المظهر.

كل شيء يجوز في الحرب والحب

انطلق بعد ذلك الفنان أنخيل إلى بلاده، وسافرت شجن أيضا ولكن يبدو أنها لم تتوجه إلى نيويورك، وذلك إما انه لم يكن لديها مؤتمر وكانت فقط تتباهي أمام الفنان أنخيل وتدعي أنها فتاة قوية ولها انشغالات أو ربما تكون قد ألغت الرحلة لأنها لم تكن مهتمة بذلك الأمر بتاتا.

عادت إلى بلادها وفكرت في السفر إلى اسبانيا، وقد كان بإمكانها أن تسافر في أي وقت تشاء.

وبما انه قد وجه لها دعوة لزيارة اسبانيا فقد كانت تلك علامة جيدة وتقدما واضحا في علاقتها به، وقد كانت متشوقة جدا للسفر إليه في اسبانيا وللقائه للمرة الثانية.

لقد كانت تريد أن توطد علاقتها به، وكانت ترى بأن الأمر يسري على ما يرام.

لقد كان لديها أمل كبير في أن تكون لديها علاقة ودية معه، وليس فقط هذا بل كان لديها طموح لحب وزواج وهكذا.

استعمال السلطة لأغراض خاصة

عندما ذهبت إلى بلادها اتفقت مع والدها بأن تسافر إلى اسبانيا، وطلبت منه أن يتصل بسفيرهم في اسبانيا وأن يأمره بأن يشتري لها بيتا كبيرا وجميل بالقرب من قصر الفنان أنخيل بالذات أو في نفس المنطقة والأقرب على الإطلاق.

بشرط أن لا يكون ملتصقا ببيته لكي لا تنكشف خطتها التي هي بصدد تنفيذها.

وطلبت من والدها أن يأمر السفير بأن يشتري لهم الكثير من المزارع والأراضي والمشاريع التي يجب أن تكون هدف لهم وسببا لزيارتهم إلى اسبانيا من أجل إنهائها.

لقد كانت متحمسة جدا وتريد أن تسافر إلى اسبانيا بشدة ولكنها لم تكن تريد أن يفهمها بشكل خاطئ لذا كانت تتروى في اتخاذها لذلك القرار.

لم تكن تريده أن يسيء فهمها ولكن هذه لم تكن أفكارها فلو ترك الأمر لها لسافرت من فروها ولكن كان هناك من يفسر لها كيف ستفهم كل تصرفاتها.

لقد كان ذلك الرجل متخصصا في العلاقات الدولية ولديه خبرة في فن الاتيكيت وحسن التعامل مع الأجانب والطبقات الراقية من الناس.

لقد قام السفير بتجهيز كلما طلب منه لكي تتظاهر هي بأن لديها أعمالا في اسبانيا ولم تسافر من أجل الفنان أنخيل.

وبعد مرور شهر بالكامل حان الوقت لكي تتقدم بخطوة، لقد كانت خطواتها ثقيلة، ومتثاقلة، فقد مر شهر بالكامل ولم تحرك فيه ساكنا.

سافرت إلى اسبانيا وبالتحديد إلى بيتها أو بالأحرى قصرها هناك.

عندما وصلت إلى اسبانيا اخبرها الذي كان يضع لها خطوات الاتكيت والذي كانت ترجع إليه في كل تصرف بأنه يجب أن لا تتصل بالفنان أنخيل إلا بعد مرور فترة من الزمن.

وكانت تلك الفترة على حسب الخطة أسبوعا كاملا، وهذا ما جعلها تصاب بالخمول وقد كانت تنفذ أو أمره دون أن تناقش رغم أنها لم تكن مقتنعة تماما بل كانت متلهفة للقائه وقد قطعت كل هذه المسافة لكي تراه.

لجأت إلى النوم لكي يمر الوقت سريعا، وطلبت من مرافقيها أن لا يزعجوها حتى يمر أسبوع بالكامل.

لم تكن تتناول الكثير من الطعام إلا أنها كانت تشرب بعض البيرة لأنها كانت مدمنة عليها ولكن ليس في العلن.

وهكذا كانت تقضي وقتها، تشرب وتنام، وتشرب وتنام ولا تكاد تغادر السرير ولا أحد يقوم بإزعاجها.

بعد أن انقضت المدة، ومر أسبوع بالكامل أيقض الحراس شجن واخبرها بأن الوقت قد حان لكي تستيقظ وتقوم بالأعمال التي وراءها.

استيقظت وهي سعيدة جدا لأن الوقت قد حان وأخيرا، وأمرت أحد مرافقيها بأن يتصل برقم الفنان أنخيل الخاص، رقم هاتف بيته، وأن يخبرها بأن السيدة هنا وهي تطلب مقابلته.

كما طلبت من المرافق أن يذكره بأنها تريد تلك الجولة التي وعدها بها.

استقبل أحد العمال في القصر الاتصال واخبره
بأن السيد سوف يتصل بهم عدا.

القاء من جديد

في اليوم الموالي اتصل المساعد خوان بقصر شدن واخبرها بأن الفنان أنخيل يدعوها للعشاء، في مطعم فاخر.

كان المساعد خوان قد استعلم لكي يحضر إلى الفنان أنخيل كل المعلومات لكي يخبره بأن شجن تقيم في قصر لها وهو غير بعيد أن قصره.

لبت شجن دعوة العشاء وقد اخبرها بأنه سوف سيأخذها في جولة بعد ذلك في المدينة

لقد تأنقت شجن كثيرا من أجل ذلك الموعد الذي كانت تتخيله موعدا غراميا.

كانت ترتدي فستانا أسود اللون، قصير، ضيق وعاري الظهر، وعاري بعض الشيء عند منطقة الصدر وقد كانت هي ممتلئة الصدر، ذات أثداء بارزة ولكنها لم تكن من ذوات الوزن الثقيل بل كانت رشيقة نوعا ما.

وكانت ترتدي فوق ذلك الفستان صدرية جيلي ولكنها مغلقة من الأمام ومليئة بالعقاش والترتر

هكذا كانت هي تتلألأ وكان شعرها مسرحا بتسريحة تناسب السهرة فكان مرفوعا إلى الوراء، ولكنه لا بالعالي ولا بالمنخفض.

فالتسريحة العالية قد تزيدها طولا والتسريحة المنخفضة قد تخفي جمال عنقها الطويل.

وقد كانت هي طويلة بعض الشيء، وهذا ما يجعل وبالإضافة إلى الكعب العالي الذي ترتديه الفنان أنخيل

يبدو اقصر قامة منها ولكن الأمر كان جميلا وهو كان يراها في قمة الأنوثة والجمال.

وفي العادة الرجال يعجبون بالنساء في الكعب العالي ولا يقارنون طول قامتهم معها وهي ترتدي الكعب العالي ولا يتضايقون من طول النساء.

لكن شجن كانت منتبهة إلى هذه النقطة وهذا ما جعلها لا ترتدي كعبا عال جدا بل متوسط فهي لم تكن تريد أن يكون الفرق بينهما في الطول كبير.

لقد كانت حريصة على إظهار جمالها وفي نفس الوقت حريصة على أن لا تجعله يتضايق أو حتى يشعر بالانزعاج.

لقد كانت ملمة بكل جوانب اللياقة وحسن التصرف وكانت تريد أن تكسب نقاطا من هذا اللقاء وليس إن تخسر شيئا، وهذا ما جعلها تحصر معها ذلك الشخص المسئول عن الايتيكيت واللياقة.

وكلما كانت ترتديه وحتى ما كانت تنوي قوله كان باستشارة منه.

التقيا في الفندق الذي اخبرها عنه، ولكنها جاءت بسيارتها الخاصة فعندما كان خوان يريد أن يرسل إليها سيارة جعلت مرافقها يخبره بأن لديهم سياراتهم الخاصة وهم يعرفون الطريقة جيدا.

ولكنها قالت لمرافقها بعد أن أغلق خوان سماعة الهاتف:

نحن لدينا المال وإن شئنا اشترينا كل السيارات هنا

نحن لا نريد منك أن ترسل لنا سيارة بل نريدك أن تتقدم بخطة ايجابية تكون لصالحنا.

في الفندق جلسا لساعات وكان الطعام جيدا، قبلها على خدها عندما التقيا وقال لها:

سوف نتعشى ونتناول الحلوى ثم سوف آخذك في جولة في اسبانيا

يجب أن تري اسبانيا ليلا ونهارا وإلا فانك وكأنك لم تري اسبانيا

كان الوقت مهرجانا هناك فأخبرها بأنها محظوظة لأنها جاءت في وقت المهرجان

فقالت شجن:

ولكن أنا لا أحب كثرة الناس والاكتظاظ، والأماكن المليئة بالناس.

الفنان أنخيل:

ولكم يجب أن تعيشي مع الناس.

فقالت في نفسها وهي تكلم نفسها:

أنت ترى كثير الناس وتحبهم جميعا لأنهم يحبونك ولأنك تعتبرهم جمهورك.

أما بالنسبة لي فأنا أراهم منافسين وحاسدين لأنني لدي طموحا وهم ربما منهم الكثيرات لهن نفس الطموح.

أكملا الجولة وأعادها إلى بيتها، لقد رافقها إلى قصرها واخبرها بأنه يريد أن يأخذها في جولة أخرى غدا نهارا، وقد وافقت فهي لم يكن وراءها إلا هو، وقد أتت إلى هنا من أجله.

لقد كان يريدها أن ترافقه إلى بيت المزرعة التي يمتلكها.

مغامرة الحب

التقت به في اليوم الموالي وقد كانت ترتدي قميصا بدون أكمام بيج اللون، وسروال بني قصير قليلا

أخذها إلى المزرعة وقضيا أوقاتا ممتعة وجميلة جدا، أكلا وشربا ولعبا ومرحا، وتنزها وعنى لها على المباشر وبدون موسيقى وقد كان صوته أنقى وأوضح وأجمل وأكثر جاذبية.

صوت مليء بالمشاعر والأحاسيس.

ثم اخبرها بأنه يرى بأن علاقتهما قد توطدت فهل تسمح له بطرح سؤال عن حياتها الخاصة.

لم يكن لديها مانع فسألها وقال:

هل لديك صديق حميم، فأنت غير متزوجة لأنني لاحظت بأنك لا تضعين خاتماً؟

شجن:

نعم أنا لست متزوجة؟

الفنان أنخيل:

وماذا عن الصديق؟

شجن:

غير موجود

الفنان أنخيل:

وماذا عن الصديق السابق كيف كانت علاقتكما؟

شجن:

مجرد صداقة سطحية

الفنان أنخيل:

لما ذلك؟

شجن:

هناك فرق كبير بين العالم العربي والغربي، وخاصة فيما يخص العلاقات الأمر معقد بعض الشيء.

الفنان أنخيل:

ولكن لا أرى انك تختلفين عن الفتيات هنا في العالم الغربي

شجن:

ذلك لأنني من الطبقة الراقية وأسافر كثيرا ولكن في الحقيقة عاداتنا تختلف ولدينا تقاليد لا نتجاوزها

الفنان أنخيل:

مثل ماذا؟

شجن:

بالنسبة للعلاقات؟

الفنان أنخيل:

أجل

شجن:

الفتيات في العالم العربي غير مسموح لهن بإقامة علاقات جسدية مع الشباب قبل الزواج

الفنان أنخيل:

أحقا؟

شجن:

أجل، فالفتاة تدرس الشاب عن بعد لكي ترى أن كان يصلح للزواج أو لا يصلح ولكن لا علاقات جسدية إلا في بعض الحالات الاستثنائية، أما عامة فهذه هي القاعدة.

الفنان أنخيل:

الأمر يبدو غريبا بالنسبة لي.

شجن:

وفي بلادي يعتبرون العلاقات الجسدية بدون زواج أمرا غريبا بالنسبة لهم.

ألم أقل لك هناك فرق بيت العالم العربي والغربي

الفنان أنخيل:

أجل لقد فهمت قصدك.

وبعد مدة من الزمن عادا إلى المدينة وأعادها إلى قصرها.

لقد أخبرته بأن رحلتها في اسبانيا قد انتهت وأنها ستعود إلى بلادها.

أما بالنسبة للفنان أنخيل فقد كان لديه جدول أعمال مليء بالحفلات وكان يسافر من بلد إلى بلد.

ولكنه لم يقطع تواصله معها وكان في كل مرة يخبرها كم هو مشتاق إليها.

كما أنه في أكثر من مرة كان يدعوها إلى البلد التي هو بها فسافر إليه، فالسفر بالنسبة لها لم يكن مشكلا.

التقيا في كثير من البلدان وكانا يقضيان الكثير من الأوقات الممتعة.

التقيا في ايطاليا وفي رومانيا، وأيضا في اليونان وقد كان لديه بيت هناك.

وقد كانت تسافر إليه لكي تقضي معه عطلة نهاية الأسبوع وأحيانا عطلة أسبوعية كاملة.

لقد أصبحت علاقتهما وطيدة جدا خلال هذه الفترة التي هي سبعة أشهر وقبل أن يلتقيا في اسبانيا شهر أي أن كل المدة ثمانية أشهر، خلالها كان في بعض الأحيان ينشغل كثيرا.

حب وأعياد واهتمام

لقد اقترب عيد لقائهما الأول وقد كان يفكر في أن يفاجئها بهدية وأن تكون تلك الهدية خاتما، لقد كان يفكر في أن يتقدم ليطلب يدها للزواج.

كان أنخيل منشغلا بها كثيرا ويفكر فيها غالب الوقت، وهذا ما جعله يفكر في الارتباط بها.

لقد أراد أن يفاجئها بطلب يدها، كان في الحقيقة متزوجا قبلا وفي مرحلة الطلاق ومنفصل عن زوجته نهائيا.

وقد صارحها بمشاعره وبما يفكر فيه ولكنه لم يصارحها بكلب الزواج بعد، كما انه قد اخبرها بأنه يسوي وضعيته ويتابع معاملات الطلاق.

أما بالنسبة لها هي فقد كانت تخطط لأن يحبها ويقع في غرامها، وأن يتمنى أن يرتبط بها إلى الأبد.

لقد كانت تحلم بأن يفاجئها في عيد لقائهما وأن يخبرها بأنه قد طلق زوجته نهائيا، وربما يفاجئها بهدية وخاتم.

ولكنه قد تردد قليلا حتى انه قد أخبر أحد أصدقائه ومدير أعماله قد اخبره بأنه قد سمع الكثير من الأخبار عنها.

وأخبار عن خلفيتها وأيضا اخبره بأنه قد سمع بأن والدها لديه الكثير من المشاكل السياسية مع بعض الدول.

ولديه عداوات مع دول أخرى وأخبره بأن سياسيته ليست جيدة.

واخبره أيضا بأمر عن شجن بحد ذاتها، لقد اخبره بأنه قد سمع بأنها مدمنة على المحول وأنها كانت تقريبا تطارده وتبحث عن معلومات عنه وتتابع كل خبر عنه وتبحث وتنبش كثيرا هي وأعوانها.

واخبره بأنها كانت تحجز في الأماكن التي يحجز فيها وربما كانت مهووسة وربما هي في الأصل كانت ترسم خطة من أجل الزواج به.

وقد كان قد طلب منه أن يجمع بعض المعلومات عنها قبل أن يطلب يدا للزواج.

كل هذه الكلمات السلبية عنها والكلام غير الايجابي، والأفكار السلبية لم تغير مكانتها عنده ولا حبه لها في قلبه ولكن صديقه ودير أعماله قد نصحه بأن يقوم بوضعها في اختبار لكي يثبت عكس ما اخبره بها

وأن نجحت هي أثبتت بأنها جديرة بالاهتمام وبالثقة وبالحب، وأهل للزواج وهي اختيار صائب.

لقد أقنعه بأن مكانته حساسة، فهو فنان عالمي وربما إن كانت تلك الفتاة اختيارا سيئا وأن أصبحت هي شريكة حياته ثم انفصلا في المستقبل.

ربما في تلك الحالة سوف تأخذ كل أمواله وربما تشوه له سمعته التي تعب في بنائها وتأسيسها وهكذا تحطمه وتحطم له تاريخه.

وهكذا اقتنع بكلام صديقه ومدير أعماله وعندما لم يبق إلا شهر واحد على عيد لقائهما الأول قرر الفنان أنخيل أن يجري لحبيبته والتي كان يفكر في أن تصبح شريكة حياته وزوجته اختبارا.

لقد كان الهدف من ذلك الاختبار أن يكتشف معدنها وحقيقتها التي كان يتمنى وبشدة أن تكون مثلما هي تظهر له وأيضا مثلما كان يشعر.

لقد أراد أن يكتشف أن كان معدنها أصلي أو غير ذلك.

وفي يوم تلقت شجن اتصالا وقد كانت تتلقى الكثير من الاتصالات وترد عليها جميعها، كانت ترد على الاتصالات بسرعة فائقة.

لقد كان يطلب مجيئها إليه في الحال، لأنه يريد أن يصارحها بموضوع هام.

صعدت على متن الطائرة في نفس الوقت ولم تتأخر وجاءت إليه مباشرة وهي فرحانة ومبسوطة.

لقد كانت تعتقد بأنه يريد أن يطلب يدها للزواج، وانه يريد أن يصارحها بما يخالجه من مشاعر وبما يراوده من أفكار حول علاقتهما.

لقد كانت تنتظر وبشوق ولهفة أن يتقدم لخطبتها وأن يلبسها خاتما من الماس وأن تمتلكه إلى الأبد.

كانت شجن تعتقد كثيرا بأن هذا هو الأمر الهام الذي يطلبها من أجله والذي يريد أن يصارحها به، فلم يستطع الانتظار إلى عيد لقائهما وقرر أخيرا.

لقد كانت تعتقد جازمة بأنه هذا هو الأمر الذي استدعاها من أجله، لذا هي جاءت على وجه السرعة.

اكتشاف الحقيقة

ولكنها عندما وصلت تفاجأت بما وجدت، لقد وجدت الفنان أنخيل منهارا وحزينا، مهزوما وبدا وكأنه مريض، أو يعاني من أمر ما.

لقد كان منهارا وببطي تقريبا ولم تكد تفهم منه شيئا، فحكا لها ما حصل معه.

لقد كان يضع شيئا على رقبته، ويتكلم بصوت منخفض جدا.

لقد كان صوته يرتجف وغير متزن، وكان يتحدث بصوت منخفض من درجة منخفضة.

وبدا يحكي لها وهي لا تفهم فقالت له:

ماذا هناك؟

ما بك؟

ما الذي يحدث؟

ولما تضع هذا الشيء على رقبتك؟

فأخبرها بأن هناك أزمة اقتصادية قد حدثت هنا في اسبانيا، واخبرها بأنه شخص وطني جدا جدا، وأكمل كلامه بأن كل أمواله هنا فقد قررت أن استثمر في بلادي وقد كانت لدي مشاريع كبيرة هنا

فقد كان يفكر في مصلحة البلاد قبل مصلحته الخاصة لذا قرر أن يحتفظ بكل أمواله هنا في بلاده من أجل أن يساعد في إنعاش الاقتصاد.

ولكن هذه الأزمة الاقتصادية قد ضربت البلاد وضربته هو أيضا وقال بصوت حزين ومخنوق:

لقد دمرتني هذه الأزمة، وضرت كل أموالي، لذا فقد خسر كل أمواله.

فقالت: (وهي متفاجئة ومصدومة)

ماذا تقصد بكل أموالك؟

ماذا تقصد بالضبط؟

أنخيل:

كل أموالي التي هي كلها هنا أصبحت ملكا للدولة، لقد خسرت كل شيء

كل شيء حرفيا.

وقد أصبحت فقيرا.

شجن:

لا يهمك، فانا متأكدة بأن لديك أرصدة في دول أخرى مثل البنوك السويسرية.

أنخيل:

لقد قلت ل كانا وطني جدا لذا ليس لدي أي شيء خارج اسبانيا، لم يبق لي إلا تلك الفيلا التي في اليونان.

ولكن كيف لي أن أعيش هناك؟

شجن: (وهي لا تكاد تصدق ما يخبرها به)

أرجوك لا تحزن، سوف يكون هناك حل بالتأكيد

اسمع يمكن أن تعيش بإيرادات الاسطوانات التي تبيعها

وأيضا يمكنك أن تقوم بالعمل على إنتاج اسطوانات جديدة سوف تجني ثروة، أنت مشهور وموهبتك سوف تعوض كل تلك الخسائر، وأن أحييت حفلات كثيرة سوف تجتاز الأزمة بالتأكيد.

أنا متفائلة

أنخيل:

لا تكوني متفائلة كثيرا

شجن:

لماذا؟

أنخيل:

لأن هناك خبر سيء آخر لم اخبر كبه بعد

شجن:

وما هو؟

أنا اشعر بالقلق والتوتر

رجاء اخبرني

أنخيل:

أنا أسف ولكن الموضوع خطير

إنه أمر مؤسف جدا

شجن:

ما هو؟

أنخيل:

أنا مريض

شجن:

ما بك، بما تشعر

أنخيل:

سوف يجري لي الطبيب عملية، إنها عملية خطيرة وهي في الحنجرة.

شجن:

في الحنجرة

أنخيل:

أجل والطبيب قد اخبرني بأنني لن أغني بعد الآن

شجن:

ولكن...

ماذا تقصد بذلك؟

أنخيل:

لقد كنت مشهورا ومليارديرا، كنت رجلا ثريا واليوم

..

إما اليوم فقد أصبحت فقيرا ولن أكون فنانا بعد اليوم

لقد خسرت كل شيء

شجن:

ماذا تقصد؟

ماذا تقصد؟

وهي ترتجف من الخوف

فقال لها:

إنني حزين جدا واشعر بالاكتئاب وقد نصحني أحد الأطباء بأن ادخل إلى مصحة نفسية، وأن أتعالج من هذه الأزمة لأنني منهار جدا.

شجن:

مصحة نفسية؟

أنخيل:

أجل، أنا منهار يا حبيبتي وليس لدي أحد إلا أنت في كل هذا العالم.

أريدك أن تقفي إلى جانبي فأنا أحبك وأنت تحبينني.

شجن:

ماذا تريد بالضبط

أنخيل:

أريدك أن تبقي بجانبي وعندما أدخل المصحة لمدة
ثمانية أشهر أريك أن تزوريني..

كما أريدك أن تبقي هنا في اسبانيا ..

نظرت هنا وهناك ثم قالت له:

طبعا، طبعا

أنا أتمنى أن افعل ذلك ولكن..

أنخيل:

.. ولكن..

شجن:

أنت تعلم أنا لدي مشاغل كثيرة وأعمال حول العالم
وفي بلادي، لذا لا يمكنني أن أبقى هنا في اسبانيا.

كما أن والدي بحاجتي.

هناك الكثير من أشغال الدولة تعتمد علي.

أتمنى أن أبقى ولكن لا استطيع.

ليس في مقدوري فعل ذلك

صدقني.

أنخيل:

أنا اقدر ذلك

شجن:

شكرا لك

أنخيل:

ولكن متى تأتين لزيارتي إذن؟

شجن:

لا اعلم

أنخيل:

هل تأتين لزيارتي في الأسبوع القادم؟

شجن:

لقد قلت لك لدي مشاغل كثيرة، لدي سفر كثير

أنخيل:

حسنا افهم

هل نلتقي بعد شهر، وهناك مناسبة أيضا، انه عيد لقائنا، يمكنك المجيء أليس كذلك؟

فسكتت ولم تجبه بحرف واحد، فأضاف وقال لها وهو يوجه لها سؤالا:

هل تتصلي في الهاتف على الأقل؟

أتكلمينني؟

فقالت:

طبعا، طبعا، إن كان لدي وقت سوف اتصل طبعا

ثم اعتذرت منه وخرجت مسرعة

لقد كانت متشوقة للمغادرة.

العشق المزيف

عندما همت بالخروج كان أنخيل يقبلها ويقبل يديها ولكن هي كان كل همها أن تغادر ذلك المكان الذي كان يطبق على صدرها ويجعلها تشعر بحالة من الاختناق.

لقد كانت تريد الخرج من هناك فقط، وكانت أيضا تفكر في السفر سريعا والعودة إلى بلادها.

حتى في أفكارها كانت تردد وتقول:

أريد فقط الخرج من هنا

وعندما خرجت من هناك أصبحت تقول:

ما هذا، انه رجل مسن وقد أنهى عمره

انتهت حياته وأصبح مفلسا، لم يعد فنانا بعد

لقد أنهى ولم يعد يناسبني

لقد أصبح مفلسا وليس فنان، فماذا قد افعل به أنا؟

الحمد لله أننا مازلنا على البر

يجب أن أتخلص منه

يجب أن أتخلص من إسبانيا كلها

يجب أن أذهب

ماذا قد أفعل برجل مسن ومفلس ومريض انه مجرد عجوز والحياة أمامي.

فخ فضح الحقيقة

عندما خرجت شجن استدعى أنخيل مدير أعماله
واخبره بما جرى وسأله عن رأيه، لكن مدير أعماله
كان شخصا حكيما فقال له:

لا تضع احتمالات يجب أن نمهلها بعض الوقت
لنعرف كيف ستتصرف وماذا ستكون ردة فعلها

بعد أن تهدأ وتستوعب كلما أخبرتها به، وتفكر في الآمر جيدا

من حقها أن تعطيها بعض الوقت قبل أن تحكم عليها.

وبعد بعض الوقت سوف نتأكد من قراره، سوف نعرف أن كانت ستعود من أجلك.

هل ستأتي لتزورك في المصحة؟

هل ستسأل عليك وتستمر في السؤال ومتابعة حالتك والقلق عليك والاطمئنان عليك.

هل ستتصل؟

هل ستؤجل بعض أعمالها؟

مع مرور الوقت سوف نرى.

وهكذا مر أسبوع ولم تتصل ول لمرة واحدة، وبعد
ذلك مر شهر بالكامل ولم تتصل.

حل يوم عيد لقائهما لأول مرة ولم تتصل، ففكرا
بأن يتصلا بها هما ولكن لقد قررا أن ينتظرا حتى
الساعة الثانية عشر ليلا لكي ينتهي اليوم.

لقد كانا يمهلانها حتى الدقيقة الأخيرة لكي يغفر
لها ربما ما فعلته وكيف أنها كانت تعتقد بأنه يمر

بأزمة ومريض وكيف لم تسأل عنه ولم تطمئن على حاله.

81

ثم قررا بأنه إذا لم تتصل في عيد لقائهما سوف يمهلاها أيضا مدة ثلاثة أيام وبعد ذلك سوف يتصل هو بها.

وفي اليوم الرابع اتصلوا هم بها واخبروهم بأن السيد كان مريضا وبأنه يريد أن يكلم السيدة شجن.

فردوا عليهم بأن لديها أشغال كثيرة وأنها ليست متواجدة هنا، ثم قالوا لهم بأنها سافرت، وأنها في كندا.

ثم قالوا لهم بأنه سوف يبلغونها باتصالهم، وسوف تعيد الاتصال هي بهم.

اتصلوا في القصر فلم يتم الرد عليهم ولم يعطوهم خبرا.

اتصلوا في كل مكان كانوا يعرفون بأن شجن قد تعودت على التواجد هناك، ولم تلق اتصالاتهم أية أجوبة.

حتى وصل الأمر بأنخيل ومدير أعماله ومن أجل أن يتأكد فقد اتصل بالقصر الرئاسي الساعة الرابعة أو الثالثة عصرا وقبل أن ينتهي دوام العمل.

فأخبرهم بأنها ليست متواجدة ولكنهم سوف يتصلون عليها في القصر ويردون عليهم.

وجه الحبيبة الحقيقي

مر ذلك اليوم ومر اليوم الذي يليه، ولم يتم الرد عليهم، وقد كان أنخيل ومدير أعماله ينتظران ويترقبان.

وعندما حان نفس توقيت اليوم الذي اتصلا فيه، أعادا الاتصال بالقصر.

اتصل مدير أعماله واستفسر عن الأمر، وما حدث وأين هي السيدة؟

فأخبروهم بأن لديها انشغالات، وانه إذا توفر لها الوقت، أو كان لديها وقت فراغ سوف تتصل فلا تصروا ولا تعيدوا الاتصال هنا.

لقد كان ذلك القصر الرئاسي واخبروهم بأن الاتصالات هنا تتعلق بالدولة ولا يستطيعوا أن يشغلوا الخط في كل مرة.

في تلك اللحظة علم أنخيل بأن شجن تقصد التهرب وتقصد تصرفاتها تلك وأنها قد فشلت في الاختبار الذي أخضعها له.

ولكن رغم ذلك لقد انتظرها لمدة شهر آخر، ثم دخل في حالة اكتئاب وحزن فعلا، لقد خاب أمله فيها وقد كان قد أحبها بالفعل وكان ينوي الارتباط بها برباط مقدس وهو الزواج.

لقد كان يريدها رفيقة دربه، ورفيقة حياته، وزوجة وحبيبه له ولكن لقد خاب ظنه.

لقد دخل في حالة اكتئاب لمدة شهرين، حزن لأنها لم تكن صادقة معه، لم تكن تستحق لا الحب ولا التضحية.

وقد خسرت في أول اختبار لها، لقد فشلت فشلا ذريعا، وقد كان يفكر في احتمالات أخرى، احتمالات أكثر ألما.

ماذا لو؟

ماذا لو كانت أزمته تلك حقيقية؟

ماذا لو خدع بالحب الذي تدعيه وتزوجها وحدث معه أمر مشابه حقا؟

لكانت خيبته اكبر، لكانت في تلك الحالة كانت تركته وكسرت قلبه حقا وصدمته بتصرفاتها وأفعالها التي أظهرت الآن.

لقد اعتبر خيانتها طعنة في الظهر بل هي طعنة من الأمام والطاعن ينظر في عينيك

فلولا مشورة مدي أعماله لكانت الصدمة بعد الزواج اكبر بكثير من هذه التي تعرض لها وهما على البر رغم انه قلبه كان متعلقا بها ولم يكن على البر فعليا ولكن الصدمة اخف قليلا والصدمة أقوى منها.

الخيانة والتخلي

بعد مرور ثلاثة أشهر، أي وكأنه قد يكون قد خرج من المصحة النفسية، وأعلن ذلك لكي تصلها الأخبار.

لقد كان يدعي بأنه قد دخل المصحة ويرسل لها الأخبار عبر سفراء بلدها هنا في اسبانيا.

وحتى بعد خروجه من المصحة فهي لم تحاول الاتصال به، ولا الاطمئنان عليه.

كما انه لم يكن لديها مبرر فسفير بلده في بلادها كان هو الأخير يأتيه بأخبارها وقد اخبره بأنها قد سافرت هي وأصدقائها لقضاء عطلة وأنهم يستمتعون بوقتهم كثيرا.

أي انه كان يعرف بأنها تعيش حياتها بالطول والعرض، ولا تهتم له ولا لأخباره معتقدا بأن ما حدث معه هو حقيقة.

وقد كانت تسافر وترجع وهكذا، كما قد علم بأنه لم تكن لديها أعمال يوما بل كانت تتحجج بالعمل فقط. وتدعي الأهمية بذلك.

وعندما علم بذلك وعلم بأنها كانت تدعي العمل كل تلك الفترة لكي تقابله وتعود إلى بلادها.

لقد غضب كثيرا وانزعج، ولكي ينفس عن غضبه نادى على الشعراء الذين يعملون معه ودعاهم إلى اجتماع طارئ.

لقد اخبرهم بأنه يريد كلمات، ثم نادى على الملحن واخذ قيثارة وطلب منه أن يلحن له تلك الكلمات التي وجههم في كتابتها.

لقد كانت الأغاني ذم ورثاء لحب قد مات ولحبيبته خائنة، ولكن بالطبع من غير أن يذكر اسمها.

وبعد مرور شهرين من العمل باجتهاد، وبعد التسجيل، قام بإطلاق ثلاث أغاني فردية في الأسواق.

بعد ذلك أصبح ينتظر رد فعلها على ما فعله، لقد كان يعلم بأنها سوف تفاجئ حين تسمع أغانيه الجديدة وتعرف بأنه مازال يستمتع بصوته الجميل وبكل قوة عاد إلى السوق والحفلات.

لقد كانت لديه حفلات كثيرة ومنها حفلات مباشرة، لم تصدق وكانت تبحث في الأمر لكي تتأكد ما إذا

كانت حفلات مباشرة أو مسجلة فقد كانت تعلم بأنه عاجز عن الغناء.

وكانت المفاجأة الكبرى عندما سمعت شجن بما حدث، لقد تفاجأت كثيرا واستغربت، وكانت تتساءل كيف أمكنه العودة إلى الغناء من جديد بعد تلك العملية.

هذا مستحيل.

لقد كانت تفكر بعصبية وحسرة وتتخبط في حيرة.

ولكن حيرتها لم تدم طويلا لأن أنخيل قد أرسل إليها هدية إلى بيتها، لقد أرسل لها الأغاني الثلاثة التي أطلقها والتي كتبها عليها واستوحاها من قصته معها.

تفاجأت كثيرا ولم تفهم ما الذي يحدث بالضبط لذا فقد أرسلت في طلب سفيرهم في اسبانيا لكي تستفسر عن الأمر.

لقد طلبت منه أن يأتيها باليقين عن ثلاث أمور تهمها، وهي إفلاس أنخيل، العملية التي أجراها في

حنجرته، ودخوله إلى المصحة النفسية، وكانت تنعته بالمجنون.

وعندما سأل السفير عن تلك الأمور، وقد وضع أسئلته واستفساراته عند العديد من الأصدقاء وأشخاص على معرفة شخصية بالفنان.

السفير كان يسأل ويطلب من الذين يعرفهم أن يحضروا له الأخبار عن الفنان، والأخبار الحقيقية.

وهكذا وصل الخبر إلى أنخيل الذي تأكد من حقيقتها   ما فعله سفير بلادها ووصل إلى أنخيل جعله يتأكد من حقيقتها.

لقد ظهرت أمامه واكتشف بأنها ليست إنسانة.

وهذا ما جعله يريد أن يوصل لها الخبر بأنه مازال فنان وبأنه مازال يعيش حياته كما كانت، بل أفضل.

وأراد أن يوصل لها الحقيقة، أي خبر انه لم يقم بأية عملية جراحية، وانه يتمتع بأتم الصحة والقوة.

أراد أن يوصل لها الخبر بأنه لم يخسر أمواله...
وهكذا.

لقد أراد أن يوصل لها تلك الأخبار بطريقة خاصة، لذا وبعد تفكير قام بشراء بيوت في أماكن كثيرة في العالم واشترى قصرا حقيقيا كبيرا ولم يكن جيدا جدا للسكن ولكن اسمه قصر حقيقي قديم وله تاريخ، وقيمته تشكل ثروة.

وهكذا أرسل لها المعلومة بطريقته، وبالطريقة التي تفهمها هي.

عندما عرفت شجن بما حدث، واكتشفت بأنه لم
يكن هناك إفلاس على الإطلاق، ولا مرض ولا عملية
ولا مرض نفسي.

الندم المتأخر

ندمت كثيرا وكانت متحسرة لأنها قد أضاعت الفرصة من يدها.

وهكذا وبعد أن فكرت جيدا قررت أن تتصل به.

وبالفعل لقد اتصلت به، لقد كان لديها الأمل في أن تعيد المياه إلى مجاريها، لقد أرادت أن تعود إليه وأن تسترجعه.

ولكن عندما اتصلت اخبرها خوان والذي هو من رد عليها وقال لها بأن الفنان ليس متوفر

وليس لديه وقت لكي يرد عليك ويتكلم معك

ثم أمره أنخيل بأن يغلق السماعة في وجهها لأنها لا تستحق فرصة ثانية ولا مجرد التفكير في ذلك.

وهكذا خسرت شجن هذا الاختبار، وقد كان من حظ الفنان انه لم يقع في فخها أو أن يخوض تلك التجربة التي كانت فاشلة .

لقد كانت هي تحضر له ذلك الفخ ولكنها هي من وقعت فيه.

لقد صدم أنخيل كثيرا واعتقد بأن كل النساء هكذا
فكان يقول:

لا توجد امرأة صادقة في الحب

قد تصدقك المرأة مرة في القول

ومرة في الفراش

وحين ترى هي الهدايا

ولكنها لن تكون صادقة حين أنت تغيب عنها.

ربما المرأة بطبعها خائنة

وهناك امرأة لا تكتفي

لا تكتفي من المال

لا تكتفي من الأخذ

لا تكتفي من المدح والثناء وربما تريد الشهرة لكي
تشبع ذلك الفراغ الذي في داخلها وهو متعطش لذلك

لا تكتفي من الكذب والخداع

لا تكتفي من استغفال الناس واستلالهم

لا تكتفي من الشعور بالعظمة لأنها تعتقد بأنها هي
مركز القوة في لعبتها وكأنه لا يجرؤ أحد على التغلب
عليها وعلى عقلها الذي يهيئ لها بأنها أفضل من
الجميع.

وأذكى من الجميع

وسوف تتغلب على الجميع.

لقد اكتشف أنخيل بأنها لم تكن تحبه فعلا بل كانت

تسعة للزواج منه

لقد كانت تريد الزواج بشخص مشهور

لقد كانت تريد الشهرة

لقد كانت تريد أن تتأبط ذراعي وأن تغيظ المعجبات

كانت تريد أن تلتقط لها أشهر المجلات العالمية صورا وأن يكتبوا عليها مقالات ونشروا صورها.

الحمد لله أنني تخلصت منها

لقد كانت تبني حلما من زجاج ولكنني حطمته لها

يا لها من تجربة

لقد كان أنخيل في الماضي يدعوا الله ويقول:

يا الله اجعل في طريقي نساء جميلات وتجربة جميلة أعيشها.

لذا فقد كان يشعر بأنها تجربة جميلة، فعندما تعرف على شجن كان يقول في نفسه:

إنها حقا تجربة رائعة

ولكنه رغم انه كان يخوض التجربة إلا انه قد أحبها فعلا وكان يريد الزواج بها ولكنها خسرت

الامتحان وفشلت فشلا ذريعا وعادت إلى بلادها

وخسرت كل شيء

عاد هو إلى حياته وتابع طريقة، عاد إلى مجده وحياته

من جديد.

وتجاوز تلك التجربة.

Sommaire